AF315119

# POÈMES

EN L'HONNEUR

## DE LA NAISSANCE ET DU BAPTÊME

de S. A. R. Monseigneur

LOUIS-PHILIPPE-ALBERT,

COMTE DE PARIS;

## ET DE LA FAMILLE ROYALE.

BIBLIOTHÈQUE ROYALE

## MONTPELLIER,

FRÉDÉRIC GELLY, IMPRIMEUR, RUE ARC-D'ARÈNES, 1.

—

1841.

A SON EXCELLENCE

# MONSIEUR DE VILLEMAIN,

MINISTRE DE L'INSTRUCTION PUBLIQUE.

*Monsieur*

L'auguste et intéressante famille du Roi qui gouverne la France, avec autant de sagesse que de prudence et de vertu, a excité dans mon âme les plus purs sentiments d'estime, d'amour et de vénération.

En admirant les insignes qualités de l'incomparable famille, qui, en se distinguant tous les jours par des actions héroïques et par les vertus les plus éminentes, assure aux Français une garantie permanente d'honneur, de gloire, de paix et de prospérité, à l'heureuse époque du Baptême de S. A. R. Mgr le Comte de Paris, mon cœur, naturellement sensible, m'a dicté les deux petits Poèmes que j'ai l'honneur de vous adresser, et qui sont l'expression sincère des sentiments qui m'animent.

Connaissant l'amour qui vous lie à notre inestimable Monarque et à tout ce qui lui est cher, persuadé de l'intérêt que vous portez à tous le corps enseignant, dont j'ai l'honneur de faire partie, et que vous dirigez avec autant de sagesse que d'érudition, je ne crains point de vous en offrir la dédicace, espérant que votre Excellence voudra bien l'agréer comme un faible hommage que rend à vos vertus et à vos hautes lumières,

*Votre très-humble et très-obéissant serviteur :*

**CASTAN,**

*Instituteur-Primaire à Sévérac-le-Château (Aveyron).*

<<<<<<<<<<<<<<<<<<<<<<<<<<<<<<<<<<<<<<<<<

# ACROSTICHE

## SUR LA NAISSANCE DE S. A. R. MONSEIGNEUR LE COMTE DE PARIS,

né le 24 août 1838,

*adressé à S. A. R. Madame la duchesse d'*ORLÉANS,
*le 30 du même mois.*

———

Laissez couler vos dons, divine providence ;
Ouvrez tous vos trésors en faveur de la France,
Un d'Orléans est né ; protégez-le grand Dieu !
Il faut qu'un jour sa gloire, éclatant en tout lieu,
Soit l'honneur des Français de la race naissante.

Préparez sa couronne ; elle sera brillante.
Hymen béni du Ciel, que votre sort est doux !
Il luit, enfin, ce jour si prospère pour vous.
Le premier rejeton que le Ciel vous envoie,
Idole de nos cœurs, vient combler notre joie :
Paris se félicite, et tous les bons Français,
Profitant de ce jour mémorable à jamais,
Entourent le berceau de vœux et de prières.

Au Très-Haut adressant leurs hommages sincères,
Leurs voix, comme un encens, s'élèvent de leur cœur.
Bientôt Dieu leur répond d'un accent de douceur :
Entonnez, chers Français, des hymnes d'allégresse,
Rien ne peut désormais troubler votre liesse ;
Tournez vos yeux vers moi, car je suis votre appui.

C'est moi qui vous en fais la promesse aujourd'hui ;
Oui , ma faveur l'attend ; l'enfant qui vient de naître,
M'est cher , et bien souvent je le ferai connaître.
Tous ses nobles parents sauront vous rendre heureux,
Et sa gloire luira chez vos derniers neveux.

De mes dons précieux j'embellirai sa vie ,
En comblant de faveurs sa famille chérie.

Prenons le luth , la harpe et le doux chalumeau ,
Au plaisir livrons-nous, à la ville, au hameau ;
Répandons tous des fleurs sur sa jeune carrière :
Il sera fortuné, ce rejeton nouveau ;
Sous un sceptre de paix il a vu la lumière.

# CÉRÉMONIE DU BAPTÊME

## DE S. A. R. MONSEIGNEUR
## LE COMTE DE PARIS.

Aux rives de la Seine une vive lumière
Annonce d'un beau jour la brillante carrière.
Iris a déployé ses plus belles couleurs,
L'aurore, sur un char de rubis et de fleurs,
Parfume l'horison, les champs et la verdure ;
De ces dons précieux l'élégante nature
Etale les trésors dans ce jour solennel,
Pour fêter dignement les habitants du Ciel !
Cependant l'Orient et ses vastes portiques
Eblouissent les yeux par des couleurs uniques ;
Un ange rayonnant de gloire et de clarté,
Sublime ambassadeur de la Sainte Cité,
Annonce en souriant les divines cohortes ;
D'un jour pur et serein il fait ouvrir les portes ;
D'un vol majestueux, sur le seuil se plaçant,
Il en défend l'entrée à tout être vivant ;
Il parfume l'enceinte et la couvre de roses
Qu'Eden a, pour ce jour, élégamment écloses.
Bientôt on aperçoit d'illustres légions
De saints Rois, de martyrs, éclat des nations ;
Les uns portant le sceptre et les autres la palme,
Sur un char parcourant d'un pas tranquille et calme,
Les régions d'un air de myrrhe parfumé,
Ils suspendent leur course au portique embaumé.

Un concert ravissant de chérubins et d'anges
Accompagne en tous lieux les célestes phalanges.
L'heure sonne, tout part; Lutèce les attend,
Pour verser leurs trésors sur un royal Enfant.
Sur les murs de Paris ils arrêtent leur course,
Et bientôt du bonheur on voit couler la source :
C'est que les immortels, visitant les humains,
Laissent sur tous leurs pas d'ineffables destins.
Louis, Philippe, Albert, apportent le Saint-Chrême,
Pour former un chrétien digne du diadême.
Ces patrons sont priés par le Roi des Français,
D'être de son filleul protecteurs à jamais.
Bientôt on voit s'ouvrir l'immense Basilique
Et paraître un Prélat sous son riche portique :
Entouré d'un clergé richement revêtu
De draps d'or et de soie, encor mieux, de vertu;
Tous les grands de l'état, Louis-Philippe en tête,
Viennent faire les frais de cette auguste fête;
La musique guerrière, au son des instruments,
Fait retentir les airs des plus joyeux accents,
Et la foule nageant de plaisir et de joie,
Autour du saint portique en orbe se déploie.
Tout veut être témoin du serment solennel
Qui doit unir un prince intimément au Ciel;
La garde citoyenne à ses devoirs fidèle,
Montre dans ce grand jour plus d'ardeur, plus de zèle.
L'ordre le plus parfait règne de toutes parts,
Il semble que le Ciel guide ses étendards;

L'Enfant royal arrive à la porte du temple,
Chacun avec transport l'admire et le contemple;
Le Prélat interroge un auguste parrain,
Qui répond pour l'enfant : « Je veux être chrétien ;
Je veux vivre et mourir dans la foi catholique ;
Contre les passions toujours ferme et stoïque ;
Je vaincrai de satan les perfides attraits ;
A Jésus mon Sauveur m'attachant pour jamais.
Imitant tout le bien des grands saints de ma race,
Invoquant tous les jours du Tout-Puissant la grâce,
Il ouvrira pour moi le trésor des vertus ;
Et si je deviens Roi, j'imiterai Titus. »
Entrez, dit le Prélat, dans le sein de l'Eglise ;
C'est ici qu'on jouit de la terre promise.
Venez faire ces vœux sur les fonds baptismaux,
Je verserai sur vous leurs salutaires eaux.
Le Chrême du salut, le sel de la sagesse,
Vont sceller dans l'instant votre sainte promesse.
Tout s'accomplit soudain : le ministre du Ciel,
Bénit le Néophyte, et l'amène à l'autel.
Dans ce moment le Ciel descendu sur la terre,
Non avec l'appareil du menaçant tonnerre,
Entoure le berceau de ce nouveau Chrétien,
Et promet aux Français qu'il sera son soutien ;
Qu'il est de son parrain le protecteur, le père,
Qu'il brisera le fer et la main sanguinaire
De tout être pervers ennemi de ses jours ;
Qu'en tout temps, en tous lieux, il sera son secours ;

BIBLIOTHEQUE ROYALE

Que son fils après lui montera sur le trône,
Que du plus vif éclat brillera sa couronne,
Et que l'Enfant royal sera pour nos neveux
L'artisan du bonheur, l'objet de tous leurs vœux.
Aussitôt on entend un concert magnifique,
Eclater dans les airs et dans la Basilique.
Jamais aucun mortel n'ouït de tels accords!
Tout est en mouvement par de divins ressorts.
Les esprits éthérés en touchant une lyre,
Entraînent tous les sens dans un charmant délire.
On entend résonner mille instruments divers,
Les échos de leurs sons font retentir les airs,
Les oiseaux mariant leurs plus tendres ramages,
Réjouissent les bois, les prés et les ombrages.
Le Ciel, en visitant le séjour des mortels,
Leur donne un avant-goût des plaisirs éternels;
Il fixe ses regards sur le sol de la France,
Et verse dans son sein la corne d'abondance.
Il bénit l'industrie, il couronne les arts,
Et d'un bonheur parfait ouvre les étendards :
Conservez, nous dit-il, et mes lois et vos princes,
Vous verrez prospérer vos villes, vos provinces;
Partout le nom Français brillera le premier,
Et sera respecté de l'univers entier;
Je remonte là-haut, où réside ma gloire,
Français! vous me serez d'agréable mémoire;
Je vous fais mes adieux, en vous tendant les mains,
Et vous promets à tous les plus heureux destins.

En prononçant ces mots, les légions modestes,
Reprennent leur essort vers les voûtes célestes.
Tous leurs pas son empreints de prodiges nouveaux,
On voit mille couleurs sur le cristal des eaux.
La vapeur des parfums rend l'air pur et moins dense,
Tout sent du mouvement l'agréable cadence,
Et Lutèce en perdant ces hôtes immortels,
Pour les revoir un jour, fait des vœux solennels.
La musique bourgeoise alors dans l'allégresse,
Avec un rare accord, une divine adresse,
Accompagne les sons qu'elle entend au lointain,
Et rend un juste hommage à l'être souverain.
Paris dans les transports prépare une soirée,
De mille feux divers richement éclairée ;
Des danses, des banquets aussi gais que décents,
Terminent ce beau soir et ses amusements.

# LA FAMILLE DE SA MAJESTÉ

## LOUIS-PHILIPPE,

### Modèle d'Éducation.

―――――

> La fortune se perd dans un jour de folie,
> Mais l'éducation reste toute la vie.
> (RIBOUTÉ, *Assemblée de famille*, acte 3, sc. 3.)

Quel éclat doit la France aux vertus de Philippe !
Sa sagesse et ses lois seront toujours le type,
De tous les souverains qui, dans l'adversité,
Convoiteront la gloire et l'immortalité,
Dans son état privé quel plus parfait modèle ?
Bon père, bon époux, ami tendre et fidèle.
Dans la frugalité, ses aimables enfants,
Apprennent à braver la disette des camps.
Ils s'exposent au froid, ils couchent sur la dure,
Pour apprendre à souffrir du mauvais temps l'injure.
Le Gymnase par eux tous les jours fréquenté,
Développe et nourrit leur robuste santé.
Il bannit de leurs yeux ce qui sent la mollesse,
Les moments de loisir, enfants de la paresse ;
Il proscrit de sa cour le fade courtisan
Et fait place au mérite, aux vertus, au talent.
Les sciences, les arts, même l'agriculture,
Charmes quotidiens de l'âme juste et pure,
Sont les amusements de ses enfants chéris
Qui, de les posséder, disputent l'heureux prix.

Dans leurs classes on voit ces Princes admirables,
Avec leurs compagnons, toujours doux et affables,
Et sans distinction de titres ni de rang,
Oubliant qu'ils sont nés d'un très-illustre sang ;
Le fils d'un artisan, d'un homme d'industrie,
Celui d'un militaire, honneur de sa patrie,
Des augustes Enfants deviennent les égaux :
Tout ce qui les distingue est l'effet des travaux.

Que ton but est louable, ô Prince magnanime !
Que tes desseins sont grands ! que ton âme est sublime !
Tous les cœurs généreux, exempts de passion,
T'accorderont le prix de l'éducation.

Philippe sans briguer l'honneur d'une couronne,
La France le choisit pour l'éclat de son trône ;
Il quitte les douceurs d'un tranquille repos,
Pour se charger du poids de biens rudes travaux :
En butte aux factions, la France désolée,
Par sa sagesse insigne est soudain consolée.
Il éteint la discorde, il rétablit la paix,
Qui promet le bonheur à tous les bons Français.
Il compose sa cour de savants et de sages,
Les illustrations de tous rangs, de tous âges,
Deviennent les conseils du Prince ambitieux
De rendre les Français aussi puissants qu'heureux.
Cependant ses enfants, en avançant en âge,
D'un génie éclatant, d'un valeureux courage,

Ardents pour le travail, ennemis du repos,
Montrent à l'Univers qu'ils seront des héros ;
Sous un grade modeste ils ouvrent leurs carrière,
Déjà brille pour eux la gloire militaire,
Et par de prompts degrés leur mérite croissant,
Un devient général, un autre commandant ;
D'autres vont affronter mille dangers sur l'onde,
Pour suivre la victoire au sein du Nouveau—Monde ;
Et c'est là qu'arborant nos illustres drapeaux,
Ils font voir au Mexique où naissent les héros.
La Belgique et Anvers proclament le courage
D'Orléans, de Nemours encor dans leur jeune âge ;
De Joinville à Para fit connaître son cœur,
En délivrant ses murs d'un fléau destructeur.
Sur les monts escarpés qui dominent l'Afrique,
Un succès éclatant, une gloire héroïque,
Couronnent d'Orléans au sommet de l'Atlas.
Il brave les boulets qui pleuvent sur ses pas ;
Il oublie un moment qu'il est époux et père ;
Toujours audacieux sans être téméraire,
Il gravit les rochers où ronfle le canon,
Au sommet arrivé, tout tremble à son seul nom,
Dans un complet désordre Abd-el-Kader s'égare,
Abandonne le camp ; et sa horde barbare
Laisse sur le terrain mille morts ou mourants,
Que foulent sous leurs pas nos soldats triomphants ;
D'un bien jeune héros conservons la mémoire ;
Théniah, tu le sais, il s'est couvert de gloire.

D'Aumale qui paraît pour la première fois
Sous les gueules d'airain à foudroyantes voix,
Entend, sans s'émouvoir, sifflant à son oreille,
De Bellone en courroux la terrible merveille.
Le courage est inné dans ce cœur de lion ,
Qui met nos ennemis dans la confusion.
Nos Princes sont toujours prêts à prodiguer leur vie
Pour la gloire et l'honneur de leur chère patrie.
De Joinville enchanté d'un glorieux élan ,
Court voyager au sein du superbe Océan,
Pour ravir aux rochers d'une plage lointaine
Les cendres du héros qui gît à Sainte-Hélène.
Attendant son retour, la France fait des vœux,
Pour que le ciel le garde et qu'il revienne heureux.
Montpensier jouit dans son impatience ;
Il redouble d'ardeur, de zèle et de constance
Pour égaler bientôt en science, en valeur ,
Des frères qu'il admire et qu'adore son cœur.

De quel céleste éclat brille le Diadême !
La Reine des Français , par sa vertu suprême,
Lui faisant réfléchir les plus belles couleurs ;
Sa personne admirable attire tous les cœurs ,
Sa douceur, sa bonté , son âme bienfaisante,
Sa magnanimité, sa piété constante,
La rendent de son sexe un modèle parfait ,
Que cherche à copier tout cœur qui la connaît.

O vous , qui tous les jours puisez dans sa belle âme
De toutes les vertus la bienheureuse flamme !
Princesses que le Ciel destine aux Souverains!
Comptez sur les faveurs des plus heureux destins,
Vous qui des malheureux, toujours avec constance,
Atténuez le mal et calmez la souffrance!
Céleste Adélaïde! un bonheur éternel,
En prolongeant vos jours , vous attend dans le Ciel!
O vous qu'à nos enfants le Ciel promet pour Reine!
Gloire de Mecklimbourg, inestimable Hélène!
Quel avenir heureux se prépare pour vous!
Pour vos enfants chéris, pour votre auguste époux!
Le règne des pervers a fini sa carrière,
La vertu triomphante amène sur la terre,
Une ère de bonheur, de justice et de paix,
Qui comblera vos vœux et ceux des bons Français.
Venez faire éclater vos vertus ineffables,
Vos charmes, votre cœur, vos qualités aimables,
Victoire, que le ciel a donné à Nemours,
Pour compagne fidèle et pour charmer ses jours.
Il a sanctionné votre doux hyménée,
Il comblera de dons votre âme fortunée.


O peuple de héros, enfants de la victoire !
Que distingue l'honneur, la science et la gloire.
Français, dont le génie est partout respecté,
Qui montez triomphants à l'Immortalité ;

Pour accomplir vos vœux, est-il de garantie
Plus solide pour vous et pour votre Patrie,
Que celle que vous offre un Prince généreux,
Qui veut à ses dépens que vous soyez heureux?
Son cœur et ses enfants vont être vos domaines,
Avec eux vous irez aux régions lointaines
Moissonner les lauriers de Bellone et de Mars,
Et chez nos ennemis planter nos étendards :
Déjà vous connaissez leur valeur, leur courage.
Quel espoir plus flatteur? Quel plus heureux présage?
Nous aurons des Titus, des Jean-Bart, des Cimon
Et des Du-Gay-Trouin et des grands Scipion.
De l'éducation admirons la puissance !
Imitons d'un grand Roi l'admirable constance
Qu'il mit à propager les vertus, les talents,
Dans l'esprit et le cœur de ses jeunes enfants.
Les nôtres deviendront bien chers à la patrie ;
Dans le cours éclatant de leur utile vie,
Ils nous procureront la joie et le bonheur,
Leurs belles qualités raviront notre cœur.

# ACROSTICHE.

## HONNEUR, GLOIRE ET RESPECT
### AUX FRANÇAIS.

Favoris des Beaux-Arts et l'Honneur de la Gloire !
Rome dans sa splendeur n'eut jamais leurs égaux :
Ardents dans les combats, chéris de la victoire,
Ne voit-on pas en eux le type des héros ?
Compatissants, humains, amis inaltérables ;
Agronomes instruits, protecteurs des Beaux-Arts ;
Industrieux, savants, doux, généreux, affables,
Sous l'aile du génie on voit leurs étendards.

BIBLIOTHEQUE ROYALE

www.ingramcontent.com/pod-product-compliance
Ingram Content Group UK Ltd.
Pitfield, Milton Keynes, MK11 3LW, UK
UKHW021723130726
13696UKWH00006B/2509